KB149344

그 남자의 다락방

황금알 시인선70
그 남자의 다락방

초판인쇄일 | 2013년 7월 5일
초판발행일 | 2013년 7월 31일

지은이 | 박장재
펴낸곳 | 도서출판 황금알
펴낸이 | 金永馥
선정위원 | 마종기 · 유안진 · 이수익 · 문인수
주 간 | 김영탁
편집실장 | 조경숙
표지디자인 | 칼라박스
주 소 | 110-510 서울시 종로구 동숭동 201-14 청기와빌라2차 104호
물류센타(직송 · 반품) | 100-272 서울시 중구 필동2가 124-6 1F
전 화 | 02)2275-9171
팩 스 | 02)2275-9172
이메일 | tibet21@hanmail.net
홈페이지 | http://goldegg21.com
출판등록 | 2003년 03월 26일(제300-2003-230호)

값 8,000원

ISBN 978-89-97318-47-6-03810

그 남자의 다락방

박장재 시집

황금알

| 시인의 말 |

시 짓는 일
집 짓는 일
참으로 힘들었던 한때
머리에는 감기가 몹시 걸렸었지만
스스로 죽임, 그것보다는
살아야겠다는 몸부림
시도 짓고
집도 지으면서
조금씩 좋아짐을 느꼈습니다.
내가 사랑하고
나를 사랑하는 사람들의
격려와 걱정
지금은 거의 정상으로 돌아왔지만
조금도 변한 것 없는 세상
마음의 눈을 다시 뜨려고 합니다.
나의 시
내 삶을 위하여.

2013년 5월
치목장 다락방에서 퇴고를 마치고

차 례

1부

2부

3부

4부

5부

1부

주민증

노동판 하루 임금을 받기 위해 주민증을 복사한다
잉크 한 방울과 혀의 날름거림 줄이기 위해
주민등록증을 주민증으로 발음한다
태어난 뒤 끝없이 따라다니는 번호
콘돔처럼 투명 비닐 덮어쓴
좀처럼 보기 힘든 철이 지나 버린 얼굴
다시 적어 넣을 수 없는 번호
죽어서도 가져가야 할 유물
얇디얇은 네모난 그릇

사북에 가면

사북에 가면
기차도 달리지 않는 철길이 있지
까만 산 배경으로
흰색 안전모 쓴 새까만 얼굴이
하얗게 웃고 있지

발 디딜 틈 없는 카지노의 앞마당
모깃불 사이로 철길 기어오르는 검은색 자동차
짙은 선팅 유리 위에 그려지는 정물화
줄줄이 늘어선 검은 때깔의 상점들
그 사이사이 자동차 담보 대출의 간판들
하룻밤 섹스를 유혹하는 네온과
유혹에 배신당한 가족 잃은 젊은 사내도
매운맛 무 한 입 베어 물고
반쯤 닳은 석탄 차바퀴 돌리며 연신 구걸한다

사북에 가면
기차 오기를 기다리는 사람들이 모여
오르가슴의 평행선을 긋는다

웅녀의 하문

거대한 회오리바람 일으킨다
이빨과 털, 손톱까지 뽑히고
치마저고리 입고 립스틱을 바른다
아메리카에서 탈출하다가 붙잡힌 노예
문짝도 문설주도 없는 문
백일 동안 마늘만 먹으며 동굴 속 캄캄한 곳에서
말꼬리에 두 손 묶인 채 먼지를 일으킨다
문, 문은 어디인가
열어젖히는 꿈 꾸다가 환청으로 들리는 소리
be~ to~ Korea~ 수출할 스트레스를 너에게 줄 것이니
인간의 노예는 될지라도 물질의 노예는 되지 마라
곰의 하문으로 빠져나온 백의민족
모기를 채집하는 등을 세우고
소란턱에 걸려 넘어지며
머리에서 피가 응고된다
하늘이 부르는 소리
판타지아
쿠션과 베게 적시고 침대 시트까지 적시며
연구 병동 090428 정신 분열 중이다

겨울 풍경

구름 듬성듬성한 늦은 오후
아픈 다리 질질 끌며
붕어빵 리어카 지나가고
그 뒤로 지난가을 죽음들이 뒤따르는
숯불구이 집 널따란 주차장

비싼 전기료를 겨워하는 형광등 밑에서는
수입 돼지의 살이 타들어 가고
앞치마 두른 아르바이트 학생 음식을 나르는데
손님인 듯 또래 아가씨
반소매 차림으로 가는 다리 꼬고 앉아
피우던 담배 비벼 끄고
젓가락으로 밥알을 세고 있다

곳곳에 배인 죽음의 냄새 덮어야 해
주방에도 출입구에도 환풍기 날개에도
하얀 눈이 내린다

번뇌

스스로 떨어져 죽었다
64세 총각으로 늙어 버린 노인
날이 밝아 오기 전에
생활 보호 아파트 9층에서 떨어졌다
불 번쩍이며
경찰들이 우르르 몰려오고
엘리베이터 앞은 웅성거렸는데
그것도 모른 채
우린 그 위층에서 알몸으로 방아를 찧어
또 하나의 번뇌 덩어리
만들고 있었다

버려진 땅, 고향

도시와 농촌이 공존하는 곳
서러움 버티지 못해
무지갯빛 돈을 따라서 모두 떠난 곳
사람이라고는 거동 불편한 백내장 걸린 노인들
더러는 제법 성공한 아들 지팡이 삼아
아픈 곳 거들먹거리지만
먹을 것 우선인 그렇지 못한 노인들
밥숟갈 소리 달그락거리는 방충망 아래 앉아
돈을 세고 있다
귀머거리 행세를 한다
저승 가서라도 들리지 않고 보이지 않는 곳에서
마음껏 살고 싶은 저 마음
노을에 가려진다

고액 지폐

윤유월 열이렛날
장마 예보도 하지 않는다
길고 긴 수맥의 행렬 땅속으로 스며든다
분명 장마는 시작되었다
해마다 장마 예보 빗나가는 바람에
탄저병이 우르르 몰려와도
들리지 않는 달팽이관 수술만 하고 있다
곱게 빗은 머리 감아올리고
고액권 지폐 깔고 앉아 신문고를 두드리며
1인 시위를 하는 주인공
여자다운 여자
신사임당

마지막 조문객
— 노무현 대통령 죽음에 부쳐

나는 말이야
안타까운 죽음에는 봉투 말미에 곡哭이라고 쓰고
천명을 다한 죽음의 봉투에는 읍泣이라고 쓰지
곡을 써야 할지
읍을 써야 할지도 아리송하고
누가 누구를 데려갔는지 모르겠거니와
앞서거니 뒤서거니 서로 주겠다더니
봉투에 넣을 삼만 원 없어서
빈소가 청태 낀 비석 될 때까지
조문 못 가는 백성 되었어

영희 아버지의 발가락

하나는 머슴아였더라면
군에 간 틈이라도 생겼을 텐데
딸내미 둘
사립 대학 유학시킨다는
영희 아버지의 구멍 난 양말
허리가 휜다는 말씀이야 맞겠지만
발가락 삐쭉이 나와
행복한 듯 웃음
살짝 웃으며
휜 허리를 교정한다

생강 할머니

먼 곳 저승은 잘 보이는데
가까운 곳이 보이지 않는
석면 가루 앙상하게 남은 슬레이트집
할머니의 눈
작은 벌레들이 스멀거리는
라면 한 봉지 들고 나와
핏덩이 적 어미가 버려두고 가 버린
손자에게 끓여 주며
많이 먹어라
많이 먹어라

인력 시장에서

새벽에 비 내리면
골목길 24시 편의점 자판기 앞에는
갈 곳이 없는
흙 묻은 옷과 신발들이 북적거린다
커피를 뽑기도 하고
말없이 담배만 피워대기도 하고
복권을 사기도 한다
추적추적 비 내리는 날이면
아려 오는 육체와 구겨진 지폐 한 장 보듬고
내리는 빗방울 원망스레 바라보며
제각각의 꿈을 꾼다
아직 떨어지지 못한 한 잎의 잎을 보며
억억거리며 먹었다는 헤드라인 뉴스 주인공이 되어
커다란 돈다발이 되어
무섭게 빨아들이는 보이지 않는 형체
블랙홀을 부순다

산이 우는 소리

긴 머리 자르는 날
산이 울었다
숲에서 길 잃고 헤매던 그날도
산이 울었다
만신창이가 되도록 술 마신 그날에도
산이 울었다
징징징 울면서 따라다니는 산
미용실에서도 난다
식당 알바하는 학생 얼굴에 묻어 있던 소리
인력 시장 마당에도 뿌려져 있던 소리
다락방 천장에 머무른다
뒷산이 운다
소리, 고주파의 소리

내 아비와 내 아버지

관솔불밝히다가그것마저꺼버려도구름속하현달밝은제법훤하다연년터울아들놈실눈뜬것모른채아비랑엄니는신식으로한답시고횃대가흔들흔들시렁도흔들흔들받짙고리떨어져아들놈맞았구나구식도괜찮더니뭣땜에신식일까투덜투덜돌아눕는단칸방벽지에는쇠고기수입반대촛불시위여중생들그촛불에비춰지는공사판내아버지검은땀송송이솟아그땀붉게물이든다

병원에서

살겠다고 살아야 한다고
동상이몽을 꿈꾼다
환자와 의사가 한 번 더 꿈을 꾸며
약을 주고 약을 받는다

모기 주둥이 같은 주삿바늘로
살아 움직이는 빨간 피 뽑아 간 뒤
똑같이 생긴 그 주둥이로
백혈구를 넣어 주며
살기 위한 줄다리기를 하고 있다
살겠다고
살아야 한다고

복권 추첨일

일주일이 행복했네
사바나 기후로 바뀌어 가는 온대 지방 남쪽에서
돈과 행복이 수평선을 그린다
평행선을 그린다
아지랑이가 피어오르더니
봄은 지나가고
온갖 풀들이 웃음 짓는 여름까지 지나면
목이 마르다
가을이 지난다
불태운 가지만 남는다

질량 법칙

— 이명박 정부 들어서는 날

세금 적게 받고 기름값 내려 주고 전기료도 내려 주고
라면 값까지도 내려 주고
주고 주고 또 주고

내가 본 손해만큼 또 다른 난 손해 보고
보고 보고 또 보고

실시간 뉴스, 일할 사람 없어서 불법 체류 눈감는다

일자리 더 만들면 못 배운 난 어이할꼬
꼬꼬 꼬꼬 꼬꼬댁

2부

은행나무 밑에서

뛰어내려야 할 크레인도 없는
하늘이 가까운 높은 곳에서 태어난 죄
주름지고 멍울진 가슴 안고
뛰어내린다
발아래 펼쳐진 형제자매의 죽음 보면서도
앞다투어 뛰어내린다
일등도 부자도 아픔도 가난도 고통도 없는
천국과 극락으로 향하는 즐거움
그 걸음이기에
노란 웃음 띠며
내가 먼저
네가 먼저

암컷보다 수컷이 많은 세상

수컷보다 암컷이 힘자랑하는 세상에 살고 있는 수컷
암컷들 눈을 피해
땅속 헤집는 두더지로 살아가며 집 지키기하고 있다
때때로 고깔 쓴 암컷에게 뜻 모를 발정이 오면
하나 둘 모여드는 수컷들
모닥불에 뛰어드는 불나방 되었다가
여왕벌 좇아가는 일벌이 되어
허공에 정액 뿌리고 변사체로 떨어진다
슬프고 슬픈 암컷 세상에서 실눈으로 살아가는 수컷
두 눈이 퇴화하여 가는 줄 모르는 채
어깨 매무새 다듬어 보는 두더지로 있음이야

시조와 뿌리

한 곳에 너무 오래 머무르나 봅니다
3543 줄여 봅니다
발갛게 말라가는 소나무 밑에는 풀잎들의 노래
빛바랜 밀짚모자 눌러쓴 10만 평의 땅 위에는 황사 날아와 앉는데
시조는 우리의 뿌리여, 흙과 같단 말이여
할아버지 그 할아버지의 관직만 들먹이는 할아버지
부제학과 대장군을 지내셨고 귀향 후에는 극도의 우울증도 앓으셨지만
적어도 바위에서 뛰어내리지 않으셨다 말씀하시며
너덜너덜한 족보와 손자며느리 엉덩이 번갈아 쳐다보며 싱글벙글 장수하고 계시지만
이혼과 위자료를 생각하는 얼굴
임신한 것 숨기고 산부인과 DNA 검사실에서 확실한 이 집안의 씨 심은 것인지
다시 한 번 더 확인 합니다

계속되는 가뭄
메마른 번개 한창입니다
임신 축하 소리도 들리고 있습니다

영역 표시

영역 표시를 한다
오백 평 남짓한 곳에 젊은 한때 지어 둔 집과 창고, 그리고 다락방
심어 둔 은행나무 개나리 무궁화 엄나무 해당화
쓰다가 버려진 농기구, 집 짓는 연장들
그 젊었던 한때가 그리워서 집과 나무 사이로 좁다란 길을 내고
오늘도 곳곳에 그의 눈길로 지긋이 표시를 한다
이 집을 지을 때는 땀도 많이 흘렸지, 저 집을 지을 때는 울기도 했고, 이 나무를 심을 때는 나와 내 가족의 행복한 웃음을 생각했고, 저 나무는 내 어머님과 내 아들 위해 심었고
그 옆의 나무는 사랑하는 여인과 내가 묻혀야 할 곳이라고 꼭꼭 심었지

밤이 되면 또 다른 영역에도 표시를 한다
젊은 아내와 더욱 늙으신 어머님의 영역에도 표시를 하고
아들과 지인에게 문자도 보내며

느릿느릿한 컴퓨터로 젊음을 검색하기도 하며
네온이 빤짝거리는 곳에서 인생에 대한 묵념도 한다
늙어 가는 목수는 시를 짓고 집을 짓고 이제는 힘이 빠진다
언제 어디서 무너질지 모르는 영역, 센 갈기 흩날린다
오늘도 북풍 거센 곳에서 영역 표시를 한다

해결된 고민

한낮 뙤약볕도 마다치 않는 노동자의 하루 몸값은 낮다
연금을 받는 공무원이나 교사, 군인, 또는 정규직 회사원보다 낮다
낮은 몸값, 집은 물론 집 아닌 어느 곳이라도 적용된다
조금 더 나은 생활을 위해서
어디서 어떻게 죽어야 하는가를 고민한다
죽어서도 만족해하는 아내의 모습을 보고 싶어한다
기준선이 없는 가난
행복의 치수
이제 그런 고민은 아니 해도 되겠다
가진 것 모두 줘 버리고
영혼까지 버리고
이혼을 했기 때문이다
몸값 낮아도 그 노동자는 좋겠다

얼음집

지구의 온난화
빙하 녹아서 바닷물 넘친다는 뉴스에 놀란다
살아야 한다
부랴부랴, 지금은 추울지라도 산 중턱에 안전한 터를 잡았다
지인은 내가 사는 다락방을 얼음집이라고 한다
내 성격 조금 더러운 것도 있겠지만
창고 한켠 막아 쓰고 있는 집 안의 집 같은 방
여름이면 선풍기 없이도 살아가는 내 집
늦은 가을부터 겨울 지나기까지는
방안에 얼음이 언다
한 번 자고 간 뒤로는 지금껏 재워 달라는 말이 없다
언제쯤 오려는지 기약도 없다
오-오, 믿지 못할 뉴스

개밥

인력 시장에서 팔린다 해도
일이라야 땅을 파거나 짐 나르기 따위의 단순한 노동
비굴하지 않게 땀의 대가 쥐었지만
갈 곳 없는 저녁 시간 국밥집으로 향한다
세상이 힘든지 몸이 힘든지 반 그릇밖에 먹을 수 없다
충분히 남은 한 끼 분량의 밥과 국
가져갈 것인가 두고 갈 것인가를 고민하다가
"아주머니, 여기 봉지 하나 주세요"
밥과 국 봉지에 쏟아 붓는다

가족인 듯 서너 살 딸아이와 저녁을 먹는다
"엄마, 저 아저씨는 먹고 남은 것을 왜 가져가는 거야?"
"응, 개 줄려고 그런단다."
멍멍 귀가 운다
그날 이후 그 누구도 알아주지 않는 국밥의 만찬
새벽녘 외딴집에서 누구라도 행복해야 할 세상 꿈꾸며
멍멍거리며 아침을 먹는다

드잡이

집이 걸어간다
삼삼오오 무언의 감탄
넘어지지 않으려 버텨 온 시간들
거친 손 내밀어 집을 걸린다
1년, 2년, 그리고 6년…
27년하고도 또 3일이 흘렀다
이끼 덮어쓰고 처마선이 허물어져 가는 집
긴 세월 굽어 지낸 수척한 모습
부드러운 말솜씨 야한 몸짓 아닐지라도
웃음을 보낸다. 손을 내민다
믿었던 그대
바람에 흔들리는 갈대 같아라
뿌리까지 흔들린다
허물어지는 것 보고만 있어야 하나
통곡 소리 스스로 들으며
드잡이를 한다

목수의 여름

— 치목장에서

오늘도 비가 내린다
지난 유월 이십칠 일인가 예년처럼 장마가 시작되는가 보다 했다
이따금 나타나기도 했던 햇살
백 퍼센트에 가까운 습도와 함께 가지런히 누운 우릴 삶기도 했다
팔월이 끝나 가는데 검푸른 곰팡이는 아직도 살갗을 갉아 먹고 있다
천막을 치고 덧집까지 지어 줬지만 두 번의 큰 비바람과 비를 몰고 올 때마다 모두 날아가 버리고 그때마다 뽐내며 서 있던 나무도 부러지며 우리를 부러워했지만, 등 밑에는 지네와 노래기의 천국이 되어 있다

애초에는 물을 먹고 자랐지만, 목수의 손에서 새롭게 태어난다는 기쁨
가지와 몸통 잘리는 아픔과 목마름 참으며 예까지 왔건만
간간이 들려오는 산사태 이야기
물에 휩쓸린 실종된 사람의 숫자 헤아리는 소리

끝이 보이지 않는 긴 기다림의 한숨 소리
갖은소리 속에서 목수의 손은 오랫동안 젖어 가고 있다
내 몸통처럼 지금쯤 썩고 있을지도 몰라
아니. 굶어 죽었을지도 모를 일
팔월이 끝나 가는데
오늘도 비가 내린다

혼자 사는 법

산사도 없는 외딴곳에서
혼자 사는 법을 익힌다
멧돼지, 고라니, 다람쥐, 노래기, 지네
집 없는 고양이와 산이 우는 이유를 생각하고
밤새 우짖는 새의 사연도 알아야 한다
유독 푸르른 나무 위에 떨어지는 빗물
그 가지의 흔들림
살갗 스치는 바람까지
빨리 통성명을 해야 한다

싱긋 웃음

치목해야 할 나무 사이에 되레 끼여
검붉게 변해 있는 왼쪽 중지 끝
"집에 갔다 와야 되겠네"
도편수의 말씀
"마누라 거시기에 꽂아 놓고 하룻밤 푹 자고 나면 쪽 빠질 것이여"
집에 가는 길도 모르고
마누라 사랑도 받아 보지 못한 홀아비는
그저 싱긋이 웃기만 한다

외줄타기 놀이꾼

서까래의 3차 방정식
대학로 1번지를 학림다방으로 놓고
광대 극단이 위문 공연을 한다
어떤 소리도 빠져나가지 못하는 상리면 동산 계곡 깊은 곳
끌질 소리, 바람 소리, 망치 소리, 대패질 소리 대입하여
부챗살 서까래를 걸어나간다
고개 너머 자란만의 너울
해풍에 밀린 물빛
소금기 가득한 수채화로 그린 작업장에서
목수의 심장 한 토막이 앉아
X의 값 구하기 위해
쥘부채를 흔든다

그 남자의 다락방

방 안에는 차가운 공기 가득하다 둥둥 뜬 채 죽어 있는 검버섯 같은 연잎, 그 주검 쳐다보고 있는 남자의 다락방 창가에는 얼음에 갇혀 움직이지 못하는 덩치 큰 무선 모니터가 있고 비춰지는 모든 것들 검색하고 있다 아랫마을 편의점에서 아이스크림 녹는 소리, 3G 휴대폰으로 사진 찍는 소리, 얼어버린 작은 계곡 사그라지는 물소리, 그것을 비웃는 웃음소리, 연인들의 속삭이는 소리도 검색하고 있다

한 뼘 남짓한 햇볕을 쬐고 있는 마음만 부자인 남자, 쌀 한 되 삼천 원 시대에 오만 팔천 원 하는 저녁을 시켜 먹고 구만 원 하는 스킨로션 배달시키며 사천 원 하는 담배를 뻑뻑 피우면서 낡은 옷 겹겹이 껴입고 시커먼 털신을 신고 낡은 컴퓨터를 치며 식당 설거지하는 아줌마를 사랑하고, 다리가 퉁퉁 붓도록 방문 판매하는 화장품 아줌마를 사랑하고, 담뱃잎 뜯다가 손이 헤진 농사짓는 아줌마를 사랑하고 있다 손이 시리다 두툼한 벙어리장갑은 배달되지 않는다 발이 시리다 보온 양말도 배달되지 않는다 마음이 시리다 따뜻한 봄이 빨리 왔으면 좋겠다

늘 들리지 않았던 인기척 들으려 귀를 기울이며 지나가는 바람 소리 쫓아가고 있다 꿍꽝거리는 소리, 처음에는 집이 우는 소리인 줄 몰랐다 길 잃은 다람쥐가 달빛에 내려앉는 소리인가 알았다 오늘 밤에도 집이 운다 기온이 뚝 떨어지는가보다

다락방 일기

방 안의 얼음, 내가 왜 떨고 있지
나쁜인 이기적인 세상 확 녹여 버릴까 보다
코끝 시려서 마스크를 쓴다
이불 밑은 따스하다
윙윙 바람 소리
이 방에서 같이 살았던 지네에게 물린 그때가 그립다

머리에 감기 걸렸는지 갑자기 죽어 버린 동료가 생각난다
결혼 초부터 객지만 돌아다니며 가장의 책임을 다했던 그는
시 한 편 쓰지 못하고 쓴 소주도 마음껏 마셔 보지 못한 채 그렇게 갔다

버릇이 되어 버린 기다림, 누구를 기다리는지 이름도 모른다
늘 바람만 불어오는 골짜기 외롭지만 바람은 아닐 거야
바람에 밀려온 떡갈잎 하나, 문을 두드린다
마음이 따뜻해진다 눈이 감긴다
메마른 강아지풀 사이로 달이 뜨는 소리
바람이 지나가는 소리

목수의 겨울

차가운 바람 고인 물 얼릴 즈음
지난여름 제재소 창고 제일 높은 곳에서
대롱대롱 목매단 동료가 생각난다
일 년에 삼백 일 넘도록 객지에서 망치질만 하다가
믿음과 다정다감 떨어졌는지
힘에 겨워 밤잠 설치다가 떠난 그
지금쯤 아내를 용서했을까
윙윙거리는 바람도
대답이 없다

소리와 소리

진눈깨비 흩날리는 소리
쩌렁쩌렁 나무가 얼어붙는 소리
끌질과 망치 소리
대패질 소리
톱 소리
알아들을 수 없는 소리
나무를 먹는 소리
그들과 산속에서 같이 사는 소리
천 년 동안 침묵의 소리
우렁각시 기다리는 어눌한 목수의 한숨 소리
주먹장으로 결구 하는 소리
나무를 때리는 소리
바람 이는 소리
산 아래로 떨어지는 소리의 소리
이 세상 제일 슬프고 아파하는 외로운 소리
소리가 소리를 낸다

3부

아파하지 않는 소리

지루한 빗소리 들리던 칠월의 첫날
이제는 먹을 것은 없었다
썩은 보리죽 한 종지
훔치시는 눈물
먹지 않는다고 회초리를 맞았던 그날도
칠월이었다

체념의 소리를 내며
망치질, 대패질에 익숙해질 무렵
다시 들리는 칠월의 빗소리
두드려도 두들겨도 이십 년을 두들겨도
아파하지 않는 소리
깎아 내고 깎아 내도 이십 년을 깎아 내도
드러나지 않는 속살

좀처럼 다듬어지지 않는 치수
그칠 줄 모르는 빗소리

나뭇잎 흔들리는 소리

나뭇잎 흔들리는 소리가 요란하다
별빛이 떨어지는가
멀리, 어디론가 떠나는가
어젯밤 저물녘까지 떨어진 별들
그 어디로 갔을까
묵정밭을 갈아엎는다
이랑 여기저기 찢기고 조각난 별들이 나뒹굴고
때로는 묻히기도 하면서 점점 좁아지는 하늘을 본다
떨어져 오르지 못한 나뭇잎 흔들리는 소리
무너져 버린 관성의 법칙
따라나서지 말걸
제법 철든 사내아이는 훌쩍거리고
이제 막 내미는 찔레순
고개 숙인 채 발끝으로 툭툭 차고 있다
해가 지고 어둑어둑해지면
흔들린다
기나긴 나뭇잎 흔들리는 소리

솔 향기로 돌아오라

묵은 옹이 내리치는 큰 자귀의 산울림
솔 향 기 로 돌 아 오 라 솔 향 기 로 돌 아 오 세 요
사랑하고픈 염원들이 산봉우리 돌고 돌아
배고픈 현실과 마주치는 곳
바람의 끝은 여기인가
여기인가
첨차의 눈 새기며 다시 듣는 산울림

서까래 깎기

부끄러워하면서도
드러내는 그대의 하얀 속살
시간은 쌓여 간다
거친 손결 굳은 애원
나뭇결에 비치는 내 가족의 웃음소리
"이몸이죽고죽어일백번고쳐죽어백골이진토되어넋이
라도있고없고임향한일편단심"
뙤약볕 모질지라도 행복인 것을

상족암*에서

밀물과 썰물이 교차하는 곳
기억 잠재우기 위해 가느다란 심장에 못 박아 놓고
거미집을 짓는다
하늘 가득 덮어 오는 화산재
어미 공룡의 발에 밟히고
갈증에 바닷물도 마셔 가면서
거미집을 짓는다
널따란 바위에 각인된 시간
채 마르지도 않은 핏자국 뽑아서
거미집을 짓는다
한 점의 영원한 푯대
상족암 사이에서 모로 찍힌 화석이 된 채
손 흔드는 썰물처럼 웃으며
거미집을 짓는다

* 경남 고성군 바닷가에 있는 천연기념물.

지네와 동거

바람 몹시 불어도 억수 같은 비 내려도
움직이지 않는다
뫼 산자의 산이 실물로 솟아 있고
얼기설기 만든 다락방 앞
콘크리트 마당에는
윙-윙 바람 소리와 함께
나무 부스러기가 하늘 향해 영원하기를 기도하고
구석구석 곰팡이 번지는 소리
접어 둔 속옷에는 사각사각 스르르
지네도 살고 있다

경포에서

에메랄드빛 꿈꾸며 모래 파고드는 파도와
하얀 눈 어우러지는 경포 바다에 눕는다
그곳에는 장미빛 그림들이 걸려 있다
누구의 그림들인가
팔려나가지 못한 채
커튼 드리워진 캄캄한 곳에서
붉은빛 토해 낸다
바람이여, 파도여
잠시라도 머물 수 없겠나
가슴까지 뚫고 지나가는
바람이여 파도여
다시 어둠이 내리면
숨어들어야 할 운명을 가진
그림자 1, 2, 3…
바람과 파도와 내리는 눈
어둡고 긴 겨울
경포 바다
붉은 눈물 떨어뜨리며 웃는다

아직도 바람 소리

시월이 오는 소리
이따금 기침 소리
가을볕이 따스운 오늘
멍석 위에 드러누운
빨간 고추 같은 손자 녀석이 오기에는
길이 먼가 봅니다
그게 아니라면
족집게 과외에 갔을 테고
그도 또 아니라면
그런대로 성공한 아범과 연휴를 즐기거나
갓 생긴 여자 친구랑 카페에 있겠지요
가슴 서늘한 바람 가끔 대문을 덜컹거리고
나물밥으로 얼룩진 여든 해 깊은 눈
옷섶 주름까지 거두들이면서
그래도 행여 하며 빗장은 열어 둔 채
넘어가는 저녁 해 한 줌으로 모아 놓고
뭔 가슴 보일까 봐 툇마루에 앉아서
지-지난 동짓달에 바람든 눈 비비시는
할머니 저건 아직도 바람 소리입니다

손톱을 깎으며

어머니 뱃속에서 태어나 배냇저고리 입었을 때부터
자라고 잘라내고 또 잘라냈지만
어느새 다시 자라고 있다
당신 사랑 가득 밴 눈빛
그때 그 미소처럼
하얀 반달이 나를 보며 웃는다
손톱 잘라 주시고 손가락 만져 주시며
"아이고, 이렇게 예쁜 것을" 하시던 어머니의 유산
때로는 피멍으로 얼룩질 때도 있었지만
당신 사랑처럼 다시 살아나곤 했었다

눈 어두워져 손톱 아닌 살을 자르시는 어머님
손톱 깎아 드리려 내일은 꼭 가야겠다
찔레꽃 피는 소리 들으며 어머님 곁에 산다면
하루에 한 번쯤은 어머님 손톱 깎아 드릴 수 있을 터인데
봄꽃 한창 피어 있을 내 고향 언덕배기
오늘도 나는
내 손톱만 깎고 있다

산책을 하며

그대 다가오기 훨씬 전부터
울음소리 들리던 곳
모내기를 시작하는 무논 옆에서
돋움발 다시 한다
가로등 불빛 사이로 헤집고 나가
네온의 십자가 지나서
구름 사이에서 빛나고 있다
별빛 찾아갈 무렵
지난 가을바람이 남기고 간
그때 그 자리
이슬 내려앉는 소리가 들린다

휴대폰, 너를 손에서 놓을 수 없는 이유

사랑해
사랑해요
너의 슬픈 목소리
견디기 힘든 나날 그 무엇의 기다림
너의 몸 빌려서라도 보내 보는 내 마음

보이지 않는 보금자리

고단한 육체를 눕힐 수 있다는 것에 감사해야겠다
아픈 날개를 접고 잠시 쉬려고
저 작은 새들도 날개 파닥이며 둥지를 만드나 보다
꿈도 없는 편안한 밤 되기를 빌며
평행의 철로는 영혼과 육체가 쉴 수 있는 보금자리 향해
산모롱이를 지난다
끝은 보이지 않지만 끝이 있다는 것을 그들은 안다
그 끝에는 커피 자판기와 실시간 뉴스를 알려 주는 전광판도 있다
전광판 불빛 아래서 커피를 뽑는다
번쩍이는 순간 놓칠세라 고급 아닌 일반 커피를 누르고
동전 하나 남긴다
다음 보금자리의 기차표를 산다

하얀 민들레

하나, 둘, 셋… 열까지 헤아려 보고
스물, 서른, 마흔… 일백까지 헤아려 보다가
이제는 기력이 없어 바람으로 흩어진다

외할머니는 그렇게 떠나셨다
떠나신 후 처음으로 돌아오는 생신날
무덤가에 핀 하얀 민들레
외할머니를 닮았다
가야지
내일 비 그치면
외할머니 곁에 있던 민들레가 보고 싶다
민들레 하얀 민들레
외할머니 닮았다

원통의 나라

답글입니다
3543 삭제된 글입니다
거추장스러운 팔과 다리, 손가락 발가락, 코와 귀
위험스런 머리까지 뭣 하러 달고 다니느냐
원통 하나면 충분한 것을
앉고 싶으면 앉고 서고 싶으면 서고
찐득이 분비하여 천장에 매달리기도 하고
바람 따라 멀리 굴러가기도 하지
씻고 닦고 말리고 그리움에 사랑하고
사랑 때문에 외로워하는 일 왜 하느냐
원통 몸뚱이 하나면 충분한 것을
해야 한다고
죽지 못해서 먹어야 하고 살기 위해서 먹어야 하고
신발도 신어야 하고 미장원도 가야 하고
옷도 입어야 하고 목욕도 해야 하고
믿었다가 가슴 아파해야 하고
다시 믿어야 하는 것을 왜 하느냐
속 훤히 들여다보이는 원통 하나면 충분한 것을

스크린 여행

살아야겠다는 저 눈빛
개펄에 뿌려진 쇳가루 맨발로 밟으며
영양실조로 눈이 멀어져 버린 딸아이 떠올린다
밤늦게까지 개펄 위를 기어 다녀도 차 한 잔 값의 몸뚱이
둘째 아이에게는 죄짓지 않겠다고
석면가루 폴폴 날리는 폐선 칸막이를 뜯고
폐유 가득 밴 녹슨 철판 녹이기도 한다
가난의 올가미에 걸린 저 눈빛의 발버둥
하루 일이란 개펄에서 맨발로 굵은 와이어를 끄는 일
밤이면 쇳가루 박힌 짓무른 발 쳐다보며
나무 한 묶음이라도 팔아야지
반나절 걸어 봐야 라면 한 개의 값 벌어야 했던
그때를 생각하며 그보다 조금 더 나은 지금의 수입
이깟 발쯤이야
방 한 칸에 여섯 식구
철사 토막으로 지은 까마귀집 쳐다보며
부자를 꿈꾼다
행복한 내일을 꿈꾸는
방글라데시 치타공 슬픈 사람들

중화요릿집에서

남편은 주방장, 아내는 배달원
찬바람 쐬며 오토바이를 타고
바쁘게 배달하는 아내를 위해
다음 주문 없을 때는 만든 음식을
남편이 직접 배달 가려고 한다
그것을 만류하고 끝내 철가방 들고 나가는 아내
그 집 단골로 드나드는 것은
내게도 저런 인연 왔으면 하는 바람
내 맘 들키지 않으려 우걱우걱 볶음밥을 먹는다
배가 고파 오면 찾아야 할 중화요릿집
오늘은 불이 꺼져 있다
지나는 삼월이 아쉬워 봄나들이 갔나 보다

4부

아사달과 아사녀

백제 땅에서 다시 만나
천 년을 다시 약속하는 경주 김씨와 밀양 박씨
탑돌이를 한다
두 손 모으고 서로가 서로의 뒤를 쫓아가지만
좁혀지지 않는 저만큼의 거리
팔월과 사월 초여드레 날
합장한 손
간절한 그 무엇의 소망
석탑
그림자
무영탑을 돌고 있다

해바라기 꽃

천 번을 불러도 다시 부르고 싶은 이름이 있네
팔순의 내 어머니 백수 누리는 그날까지 나를 살게 한다면
나는 어머니랑 해바라기 꽃 키우겠네
일에 지쳐 전화 못 드리는 날에는
허공에 어머니 얼굴 그려 보며 잠들겠네
나 혼자 행복해하며 심어 놓은 은행나무 밑에서
하루 몇 번씩 휴대폰으로 문자 주고받았던
그 옛날 내 여자 친구에게 했던 것처럼
있는 것 없는 것 전부 다 드리고
간과 쓸개까지 모두 뽑아 드리겠네
다시 사람으로 태어나 내 어머니의 아들이 된다면
두 번 다시 허튼 꿈 꾸려 하지 않겠네
주어진 생명 전부를 바쳐
어머니랑 내내 얼굴 마주 보며
해바라기 꽃 키우겠네

겨울 강 언저리

강이 강을 보면서 묻는다
너는 누가 만들었느냐고

가뭄이 훑고 간 모래톱에서 배회하는 까마귀 떼
꿰매지 못한 그물 찾다가 투신을 생각하는 쭈글쭈글한 뇌
벼랑 밑 얼음 녹기를 기다리는
빛바랜 초점의 눈

겨울이 겨울을 보며 묻는다
누가 너를 만들었느냐고

저녁 바람이 풀잎 따라 미끄러지는 강의 언저리
가뭄이훑고간모래톱에서배회하는까마귀떼꿰매지못한그물찾다가투신을생각하는쭈글쭈글한뇌벼랑밑얼음녹기를기다리는빛바랜초점의눈
망각한 이름 찾아서 떠나가는 갈바람

지겨운 집이 그리운 날

바람난 남자의 집 시계는 3시 29분 42초에 머물러 있고 수도 계량기도 돌지 않는 집, 비는 잡초 속에서 키를 키운 초롱꽃 잎사귀에만 내려앉는 집, 가지 말라고 몇 포기의 풀들은 네모난 하늘 쳐다보는데 재선충이라는 병에 걸린 소나무, 다행인 것은 마당과 텃밭 경계에는 블록으로 낮게 드리워져 있다는 것이다 지겨운 집이 그리운 날 이따금 내리는 비

산벚꽃

봄의 소리
이슬을 깨운다
잠자는 가슴 더듬으며
몸부림을 친다

연초록 사이에 숨어 있다가
때늦은 소망을 빌며
능선 지나서 내전 치열한 곳으로
여행을 떠난다

점점 가까워지는 울음소리
죽어 있는 제 어미의 젖을 물고 있는 아이
스크랩 된 눈망울
전시회를 한다

타임머신

르누아르 풍경화를 보기 위해
안경을 닦고 동공을 키운다
여기저기에 걸린 액자 속에 숨은 나부
행복이 넘친다
머리카락은 부산 해운대 파도를 타고
넘실거리며 다가온다
씻겨 보낸다
모래알 더 잘게 부수며 사실화를 그린다
나를 끄집어낸다
가을 햇볕 기웃거리는 창가에 마주앉아
바닷가에서 남은 이야기
파도가 부서지는 마음과 그 비밀 이야기를 한다
가까워지는 서울 남산
녹슨 채 잠들어 있는 굳게 잠긴 자물통
주렁주렁 매달린 새끼손가락들의 약속
타임머신을 타고 간다

스톤헤드

괴롭고 피곤한 것은 많은 것을 안다는 것이다 말랐던 나뭇가지에 잎이 나오는 것을 알았을 때와 여체의 비밀을 알았을 때도, 수학 공식을 많이 알고 있는 것도, 시를 많이 읽었다는 것도, 자기가 자기를 비웃는 것을 알아차리는 날에도, 포장된 길 밑에는 폐기물이 있다는 것과 공직자 청문회에서 들어야 하는 변명, 벌초길 휴가철에는 차가 많이 밀린다는 것도, 많이 알고 있다는 것은 굳어 간다는 의미, 정말 슬픈 일이다

다래나무

뒤틀린 몸의 몸부림
봄을 기다리는
뒤틀린 몸 위로 또 하나의 뒤틀린 몸
동상이몽의 하루
기생하는 몸 위로 또 하나 기생하는 몸
아마 봄을 맞이하기 힘들 것 같다
계곡 바람은 시리다
일출
처음 보는 한 해의 처음이 그립다
뒤틀린 몸 죄어 오는 소리
눈이 시리다
눈을 감는다

타워 컴퓨터

바탕 화면을 서울 남산 철망 가득 매달린 자물통으로 깔았다 과거 없는 여자가 어디 있느냐며 삿대질해대는 그 새끼손가락들의 약속, 한강을 스케치하는 무언의 몽당붓, 마지막 지하철 덜컹거리는 소리 들으며 남산 타워를 기어오른다 느낌표, 말없음표의 부호, 대화 창을 닫는다

백마강 스케치

뽀얀 먼지 일으키며
넓은 들판 가로질러 관군들이 지나던 길
야트막한 계곡 저만큼에서
계백 장군이 앉아
비 그친 백마강 내려다보고 있다
부소산성 소나무숲 자욱한 안개
3천 궁녀 춤추는 거문고 소리
상왕 전하를 외치면서
낙화암까지 달려나간다
밟혀 죽고 칼날에 죽고 화살에 맞아 죽고
너희 손에는 죽지 않겠노라
너희 품에는 안기지 않겠노라
낙화암 밑으로 굴러떨어진 궁녀
간신히 정신 차리니 고란초가 보인다
아미타불 관세음보살
부처를 만든다
허우적거리는 종소리가 들린다

하루에 한 번

하늘을 본다
나를 사랑하는 방법도 있다
내가 사랑하는 방법도 있다
나를 미워하는 이유도 있다
내가 미워하는 이유도 있다
나를 울리는 것도 있다
내가 울리는 것도 있다
너의 힘든 것도 있다
나의 배고픔도 있다
너의 욕심도 있다
나의 바람도 있다
너의 마음도 있다
나의 마음도 있다

봄, 사람들

대학로에 오일장 서는 날이면
봄은 하얀 가운을 입고 아지랑이 피우며
엉엉 울기도 하고 말문을 닫기도 한다
봄은 온다
믿었던 말
배신에 몸 떨면서
삶과 죽음의 방정식을 푼다
넘어지지도 깨어지지도 않는 막걸리의 빈 병
눈썹 가장자리에 하나 둘 매달린다

격리 병동

기다림 너무 길었다
병이 깊었다
곪은 가슴 전염되어 온 세상에 옮길까 봐
스스로 격리 병동으로 들어왔다
이슬과 풀 깨어나는 소리
새가 나는 소리
바람이 마실 나가는 소리
소리, 소리들 한입 가득 털어 넣고
곪은 가슴을 치유한다

봄, 나무들

죽어 있다가
죽은 듯 살아 있다가
각질처럼 굳어 갈라진 틈 사이
작은 망울 터지더니
이웃 볼세라
연두색을 먹는다

푸름에 취해
간음 현장은 흐리다
어디에도 보이지 않는 그대의 정부
뜨거운 몸뚱이
오-오 외치며 허연 각질 감춘다
간음한 흔적 감춘다

거미의 독백

배고픈 나에게 나비의 몸은
한갓 먹이에 지나지 아닐 것이야
머릿속 세포들이 필요한 것은
나비의 몸 아닐 것이야
어릴 적 흔들어가며 들여다본
잠망경 깊숙한 곳
그런 세상일 거야
혀 길게 뻗어 핥아 보는
꽃이 다칠까 봐 사뿐히 내려앉는
바람에 날릴까 봐 접은 날개 다시 포개는
암꽃이 수꽃 한번 껴안아 보는
풍성한 세상일 거야
아름다움일 거야

장천 장터*

서리 내릴 즈음 닷새마다 장천 장터에 가 보면 알지
내 어머니와 그 어머니의 어머님도 만날 수 있지
잘 추슬러진 짚에 허리 묶인 채
드러누운 마늘과 빨간 홍시도 있지
목도리 좌판 벌이고 있는
칠촌 아저씨와 숙모님도 만날 수 있지
찐빵 가마솥에는 김이 모락모락 솟기도 하지

조그만 강 가장자리
늘어선 가슴이 투명한 버드나무
그 가슴도 만날 수 있지
잡화점 나무 유리문 안에서
겨울 외투 흥정이 끝난 아주머니
순댓국 한 그릇 시킬 즈음이면
북적거림도 떠나고 혼자만 남겨지지
남겨진 나는 닷새마다 투명을 꿈꾸는 가슴이 되지

* 구미시 장천면 5일 장터.

5부

고성 그리고 그리움 15
— 학동 고개에서

수태산과 향로봉이 곱게 드리운 그네 타고
넓고 푸른 자란만 가슴 가득 담는 오늘
차갑던 마흔의 가슴앓이
흩어지는 봄날에

뭍으로 가는 길목 인고의 집짓기는
땀방울 망울망울 갖은 눈물 섞여 있고
학동재 넘어온 바람
개나리꽃 피운다

바다, 그리움

바다와 산이 몸 부비는
까마득한 낭떠러지 위에서
끝없는 그대를 위해
작고 납작한 풀잎이 된다
어제의 내가 스크랩 된 낱장들
하나 둘 떨어져 나가 출렁이고
다시 연꽃으로 태어나기를 기도 하며
망각의 질긴 육체를 내팽개쳐버린
마흔한 해의 삶
연회색 하늘 열리면
너를 찾아가고 싶다

개망초

너를 만난 뒤
내 마음 들국화 되었다가
작은 바람에도 눈물짓는
목련꽃 되었다가
그래도 아니 되는 날
개망초가 되었다
별을 사랑하는 마음으로
너를 만난 뒤
밤마다 별을 헤며 너의 모습 떠올린다
지금껏 헤아리지 못했던
개망초 같은 내 마음

날지 못하는 새

신이 쌓아올린 가슴 한쪽 떨어져 나가
우짖는 새가 되었습니다

오월 끝에 앉아서
오월을 기다리는 새가 되었습니다

그 새는 날지 못하는 새입니다

그저 그리운 곳 향해
울기만 할 뿐

비바람 그치는 날
젖은 죽지를 털며
그리운 곳 향하여 비상하겠지요

백일몽에서 깨어나 원죄의 모순된 깃털 날리며
그리웠던 그곳
햇살 가득한 그곳으로
비상을 하겠지요

지리산 찔레꽃

빗속으로 걸어가는 스크랩 된 낱장들
데칼코마니처럼 꽃잎 위에 편지를 쓴다
영원히 돌아오지 않을 것 같은 오월
사랑한다는 말
고운 옷
먹을거리 한 줌
그 아래 웅크린 빛바랜 영정
지리산 등에 지고 편지를 쓴다

흙으로 돌아가기보다는 찔레꽃으로
다시 태어나기를 기도하며
마지막 여백으로 남은 하얀 꽃잎 한 장
소인을 찍는다

뭉게구름

때가 되면 당신도 떠날 테지요
죽음이 우리를 갈라놓는 그날까지는
어려울 테지요
새순이 돋는가 싶더니 낙엽이 집니다
가실 때 가시더라도
비 오는 날에는 가지 마세요
비 내리는 날이면
누군가를 기다리지 않게 하는
그런 당신이 되어 주세요
어제는 뭉게구름이더니
별빛마저 떠나버린 오늘 밤에는
내내 비가 내립니다

너를 기다리며
— 철원에서

늪의 가장자리 타다가 멈춰 선 갈대 억센 억새까지
시커멓게 그을린 저 능선 너머에도
연초록 돋아나고
목련 개나리 진달래 산수유 해맑게 웃으면서 피어 있겠지

올해도 어김없이 봄은 왔는데
월정 간이역은 아직도 열리지 않는다
호젓이 날아온 한 마리의 새, 가슴 속 쌓아 둔 염원
한입 가득 물고서
초록 돋아나는 들판을 나르고 있네

세상 어느 곳보다 더 신비로운 저 지평선 너머까지
새처럼 자유롭게 날아갈 수 있는 날, 이 땅 저만치 제일 먼저 찾아와
지천으로 널려 있는 화산돌 주어다가 겨우 내내 따스할 움막 하나 지어놓고
새들이 날고 있는 들판에 앉아서
꽃과 바람 나비의 날개짓

두루미가 두고 간 노래, 몸으로 부르는 억새의 노래까지
내 생명 다할 때까지 너를 기다리며 듣고 싶다

보고 싶어요

늦게 뜨는 컴퓨터를 친다
달 옆구리에 붙어 있는 조그만
저 별이 더 밝아 보인다
“비가 오려나 보다”
컴퓨터도 없던 시절
젊은 어머니는 그러셨지

엄니, 엄니가 보고 싶어요
이렇게 별이 밝은 밤에는
참말로 엄니가 보고 싶어요

잠들지 못하는 섣달 초닷샛날 밤
아직 떨어지지 못한 마른 잎 사이로
어머니의 별을 구경하면서
쉬엄쉬엄
늦게 뜨는 컴퓨터를 친다

비 내리는 아침

빗소리 좋아하는 여인을 만나

늦잠 즐기는 나를 깨우며

"어머

비가 내려요 비가"

빗소리 같이 듣고 싶어 하는

그런 여인을 만나고 싶다

밤꽃

여느 꽃보다 아름다움이 달랐다
온 산을 뒤덮는
비릿한 냄새의 주인공
길쭉하게 생긴 수컷이 발정한다
암꽃의 실루엣
짧은 치마를 입는다
야한 웃음
진원지 숨기며 생식기 온도를 낮춘다
뾰족한 침 곧추세우고
가장된 아름다움 뱉어내고 있다

민들레꽃

민들레 소매 끝에서
뚝뚝 떨어지는 뻐꾸기 울음소리
슬픈 건지 부끄러운 건지
윤삼월 하루 이틀 적셔만 가고
저승 갈 때 입으실 울 엄니 노란 옷
노란 옷고름처럼
노랗게
흔들리며
흔들거리며
하얀 홀씨를 준비한다

가을

이렇게 무더운데
어! 고추잠자리

천천히 밀어붙이는 내 남자의 힘
붉은 오르가슴 시작된다

밤꽃 필 때
비릿한 냄새에 얼굴 붉히던 그대

잘 익은 알밤 되어
툭, 떨어진다

은행나무 심는 날

내가 죽어 묻히게 될
한 뼘의 땅에서
꺼이꺼이 울고 있다
사랑하는 사람과 묻히고 싶지만
보이지 않는다
온종일
돌 헤집고 흙 헤집어 보아도 보이지 않는다
내가 가고 없는 날 뒤 있어
심어 줄 것인가
묻어 줄 것인가
그 사람 기다리는 마음
안개비로 내린다

오월이 오는 날에

앙가슴 열어젖힌 오월이 오고 있다
아카시아 꽃의 향기 초롱꽃 웃는 모습
마흔의 청록 이파리
추억 쌓기 하고 있다

오월이 오는 길목 백합도 피었으면
노랑 하양 분홍 보라 백합도 피었으면
턱 괴고 쪼그려 앉아
백합 필 날 기다린다

무언으로 전해주는 오월의 전주곡
기다리지 말라고 기다리지 말라고
엇박자 바람에 밀려 메아리로 들린다

아냐 그런 것 아닐 것이야 오월은
조금 남은 연두색 이파리를 먹는다
누구의 부르심인가
부르는 이 누구인가

■ 해설

시의 집을 짓는 일

김 영 탁(시인 · 『문학청춘』 주간)

박장재 시인이 늘 하는 일은 시 쓰고 집 짓는 일이 전부라 해도 과언이 아니다. 시인이 직업을 갖고 시 쓰는 게 특별한 것은 아니지만, 그에게만큼은 시와 집이 함께 하며 한 몸으로 움직이는 일은 흔한 일이 아니다. 시를 쓴다는 건 언어로 세상에 하나밖에 없는 집 한 채 짓는 고된 정신의 노역이 아닐 수 없다. 박장재는 대목이라 불리는 대한민국이 인정하는 도편수다. 세상의 모든 목수가 시를 쓰는 게 아닌 것처럼 세상의 시인이 모두 목수는 아니다. 그러므로 박장재에게 있어 목수와 시인은 분리된 게 아닌 하나로 결집한, 집을 지을 때는 시를 쓰는 것이고, 시를 쓸 때는 집을 짓는 일이다. 물리적으로 집을 하나 축조하는 과정과 시 한 편 쓰는 과정이 그에게 하나로 동일시되는 건 자연스러운 일이며 업業이다. 그가 자서에서 밝혔듯이 시를 쓰는 건, 시를 짓는 행위로 나타난다.

시인으로서 박장재에 관한 진술을 하기 전에 도편수로서 박장재에 대한 설명이 필요할 듯하다. 왜냐면 시 쓰는 일과 집 짓는 일은 동일 선상에 있고 결과물 역시 상징으로써 집이기 때문이다.

박장재는 대한민국의 몇 안 되는 도편수로서 한옥에 관한 철학과 신념이 누구보다도 확고하게 심어져 있다. 요즘 한옥에 관한 관심은 건강과 관련하여 동시에 집중되고 있는 현상이다. 하지만 한옥에 대한 관심도에 비해서 한옥 건축 관련 정보가 허술하다고 판단한 박장재는 심혈을 기울여 한옥에 관한 책도 다수 집필했다. 도편수로서 그의 고민은 실무와 이론의 간극에서 어떻게 하면 양 날개를 조화롭게 펼쳐서 비상하냐는 것이었다. 즉, 현장에서 거의 사용하지 않는 이론을 위한 용어나 물자부족 시대의 재래식 기능으로는 한옥 건축 기술을 단기간에 습득하고 집을 지어보기란 어렵다고 보기 때문이었다. 더구나 현재 출판되고 있는 완성된 집의 사진 설명이나 기계적으로 치목되어 나오는 부재로는 한옥의 기본적 특성인 목재의 뒤틀림, 벌어짐, 상, 하, 등, 배, 안, 밖도 구분하지 못한다. 그야말로 집을 짓는 수박 겉핥기 건축이 될 우려도 있으며 실제로 집짓기에 응용하지 못하고 있는 실정이다. 그의 말을 빌려 보면 '어찌 천년을 버티는 우리네 집을 지을 수 있'겠는가 고민 끝에 박장재는 『한국 목수의 실무』 『한옥 짓기』 『한옥의 이해』

등을 저술했다.

한옥 대목기능장의 길을 걷고 있는 박장재는 스스로 조그만 책임을 다하기 위해 한옥 관련 전문서적 집필에도 심혈을 기울였다. 현장에서 일하며 틈틈이 메모했던 것들을 기술 공유라는 생각으로, 일하는 현장을 직접 보면서 설명하는 것 같은 그런 책을 꾸미려 노력했다. 이러한 그의 노력은 후일 더욱 유능한 장인이 지금보다 더 나은 한옥건축 관련 지식을 보급하기를 기대했기 때문일 터이다.

그러한 박장재의 집짓기와 시 쓰기의 부단한 노력의 결과물이 시(집)로 발현되고 결국 금번에 시집으로 한 채의 집을 완성한 것이다. 그의 시와 집이 하나 되는 운명적 언표는 자서에서도 잘 드러나고 있다.

시 짓는 일
집 짓는 일
참으로 힘들었던 한때
머리에는 감기가 몹시 걸렸었지만
스스로 죽임, 그것보다는
살아야겠다는 몸부림
시도 짓고
집도 지으면서
조금씩 좋아짐을 느꼈습니다.
내가 사랑하고

나를 사랑하는 사람들의
격려와 걱정
지금은 거의 정상으로 돌아왔지만
조금도 변한 것 없는 세상
마음의 눈을 다시 뜨려고 합니다.
나의 시
내 삶을 위하여.

이렇듯 그는 머리에 든 감기를 죽여서 자신의 삶을 위하여 시를 짓는다고 선언한다. 힘들었던 한때의 기억과 업들을 뭉뚱그려 깨부수고 새롭게 집 한 채 올리는 것처럼 시를 쓴다. 이제는 온전한 모습으로 돌아온 자신을 회고하며 시와 삶을 위하여 시인의 길을 가겠노라고 당당하게 말한다. 이제 시와 집이 한 몸으로 건축된 그의 시를 살펴본다.

도시와 농촌이 공존하는 곳
서러움 버티지 못해
무지갯빛 돈을 따라서 모두 떠난 곳
사람이라고는 거동 불편한 백내장 걸린 노인들
더러는 제법 성공한 아들 지팡이 삼아
아픈 곳 거들먹거리지만
먹을 것 우선인 그렇지 못한 노인들
밥숟갈 소리 달그락거리는 방충망 아래 앉아

돈을 세고 있다
귀머거리 행세를 한다
저승 가서라도 들리지 않고 보이지 않는 곳에서
마음껏 살고 싶은 저 마음
노을에 가려진다

―「버려진 땅, 고향」 전문

시인의 고향엔 사람이나 땅이나 버려진 상태로 방목되어 있다. 현재 한국의 농촌 상황을 여실하게 보여주는, 이골이 난 듯한 풍경이나, 자세히 보면 그 안에서도 차별이 있다. 시인은 을씨년스럽고 씁쓸한 모습을 해학적으로 그려낸다. 아픈 노인은 성공한 자식을 지팡이 삼아 병도 자랑인 양 거들먹거리고 그렇지 못한 노인은 방충망 아래 앉아 돈을 세고 있다. 대비되는 두 개의 시선은 쓴웃음과 함께 묘한 앙금으로 침전되면서 노을에 가려진다.

하나는 머슴아였더라면
군에 간 틈이라도 생겼을 텐데
딸내미 둘
사립대학 유학시킨다는
영희 아버지의 구멍 난 양말
허리가 휜다는 말씀이야 맞겠지만
새끼발가락 삐죽이 나와

행복한 듯
살짝 웃으며
휜 허리를 교정한다

―「영희 아버지의 발가락」 전문

위의 시는 마치 『흥부전』에 나오는 굴비 두름 같은 연년생 흥부의 자식 빗댄 듯한 웃음이 있다. 사내아이라면 군대 복무할 동안 시차의 여유가 있어 대학 등록금이 벅차지 않을 텐데, 딸 둘 연년생이라 영희 아버지는 허리가 휜다. 이때 영희 아버지의 구멍 난 양말을 통해 나온 새끼발가락은 쑥스럽지만 눈에 넣어도 아프지 않은 귀하고 사랑스러운 딸자식 아닌가. 자식 같은 발가락을 바라보며 행복한 웃음으로 허리를 펴보는 영희 아버지는 어떠한 힘든 고난이 와도 능히 대처할 수 있는 강하고 전능한 아버지가 된다.

먼 곳 저승은 잘 보이는데
가까운 곳이 보이지 않는
석면 가루 앙상하게 남은 슬레이트집
할머니의 눈
작은 벌레들이 스멀거리는
라면 한 봉지 들고 나와
핏덩이 적 어미가 버려두고 가 버린
손자에게 끓여 주며
많이 먹어라

많이 먹어라

—「생강 할머니」 전문

시「생강 할머니」 역시 작금의 농촌 풍경을 잘 대변하고 있다. 아기를 버리고 간 며느리 소식은 까마득하고 아기 아버지에 관한 진술이 없는 걸로 봐서 아버지는 부재 상황이다. 즉 이 시는 아버지의 부재에 따라 나약한 여성과 아기만 등장하는 생산이 중단된 피폐한 풍경을 연출한다. 그러나 제목이 암시하듯 김치를 만들 때 양념으로 들어가는 향신료로써 김치 맛을 더한층 끌어올리는 '생강'처럼 강렬하다. 특히 생강은 몸의 냉증을 없애고 소화를 촉진하고 구토를 없앤다. 몸을 따뜻하게 하는 생강을 중국의 공자는 식사 때마다 반드시 챙겨 먹었다고 한다. 이렇듯 생강이 주는 효능은 유익하면서 맵싸한 강단을 가지고 있다. 생강 할머니는 어린 손자에게 라면을 끓여주며 많이 먹으라고 하는 대목에서 삶과 생명에 대한 연민을 불러일으킨다.

일주일이 행복했네
사바나 기후로 바뀌어 가는 온대 지방 남쪽에서
돈과 행복이 수평선을 그린다
평행선을 그린다
아지랑이가 피어오르더니
봄은 지나가고

온갖 풀들이 웃음 짓는 여름까지 지나면
목이 마르다
가을이 지난다
불태운 가지만 남는다

–「복권 추첨일」 전문

박장재의 시편에서 일관되게 관류하는 게 있다면 대상에 대한 검은 희극이다. 대상을 직시하지만 비틀면서 쓸쓸하고 시니컬한 목소리로 대상의 알몸을 폭로시킨다. 알몸이 훤한 대낮에 노출되면서 환기하는 파장은 다양하다. 시를 형성하고 있는 몸은 옷을 벗고 알몸을 드러내면서 모욕과 부끄러움에 직면하게 된다. 이때 시와 현실의 간격이 무화되면서, 시는 현실 속으로 들어와 움직이면서 대상에 대한 반성과 그러한 풍경에 관한 추억을 불러일으킨다. 그런 의미에서 시 「복권 추첨일」이 주는 일주일치의 행복도 한순간에 불살라져 앙상한 가지로 남는다. 소시민들이 즐겨 사는 복권은 일주일째 추첨하는 날까지 요행과 기대감에 부풀려 있다가 손에 쥐고 있는 복권이 휴지로 변하는 순간, 아지랑이 피는 봄도 지나고 무성한 초록의 여름도 가고, 불타버린 앙상한 가지로 남는다고 한다. 복권사업은 국가사업이다. 공공사업을 표방하는 복권은 사실 가난한 주머니의 쌈짓돈을 빼앗는 행위나 마찬가지다. 복권사업이 요즘에 와서 사회적 비판의 목소리가 커지자 문화예술위원회 같은 사업

등에 투자를 하기도 한다. 그렇지만 문화예술에 투자하는 복권기금은 아직 미약하다. 한마디로 생색내기라 할 수 있다.

복권을 사 본 사람들이 느끼는 일상적인 요행과 열패감을 박장재의 시니컬한 목소리로 들을 때 검은 웃음과 함께 반성이 눈을 뜨고 찾아온다. 하여 대다수의 패자에게 들려주는 이 시는 반성적인 위로로 승화된다.

영역 표시를 한다
오백 평 남짓한 곳에 젊은 한때 지어 둔 집과 창고, 그리고 다락방
심어 둔 은행나무 개나리 무궁화 엄나무 해당화
쓰다가 버려진 농기구, 집 짓는 연장들
그 젊었던 한때가 그리워서 집과 나무 사이로 좁다란 길을 내고
오늘도 곳곳에 그의 눈길로 지긋이 표시를 한다
이 집을 지을 때는 땀도 많이 흘렸지, 저 집을 지을 때는 울기도 했고, 이 나무를 심을 때는 나와 내 가족의 행복한 웃음을 생각했고, 저 나무는 내 어머님과 내 아들 위해 심었고
그 옆의 나무는 사랑하는 여인과 내가 묻혀야 할 곳이라고 꼭꼭 심었지

밤이 되면 또 다른 영역에도 표시를 한다
젊은 아내와 더욱 늙으신 어머님의 영역에도 표시를 하고

아들과 지인에게 문자도 보내며
느릿느릿한 컴퓨터로 젊음을 검색하기도 하며
네온이 빤짝거리는 곳에서 인생에 대한 묵념도 한다
늙어 가는 목수는 시를 짓고 집을 짓고 이제는 힘이 빠진다
언제 어디서 무너질지 모르는 영역, 센 갈기 흩날린다
오늘도 북풍 거센 곳에서 영역 표시를 한다

–「영역 표시」 전문

시 「영역 표시」는 시인으로 사는 것과 세속적인 일상의 삶을 대비한 재미있는 시다. 박장재의 시는 세속의 삶과 길항하면서도 (검은) 웃음을 잃지 않는 멋을 가지고 있다. 즉 해학이 숨 쉬고 있다는 뜻이다. 목수로서 애환과 사랑하는 사람('시'와 동일시되지만)과 함께 묻혀야 할 장소와 가족과 함께 할 장소는 다르다는 게 흥미롭다. 시인 자신에 대한 반성과 회한이 어울려 '나약해진 나'를 바라보며 북풍 거센 곳에서 영역 표시를 한다는 것은, 바로 '나는 쓴다, 그래서 존재한다'는 것과 통한다. 시인의 국어사전 의미는 '현재 시를 쓰고 있는 사람'인데 현재 진행형으로서 글쓰기이기 때문에 존재하는 자로서 숨 쉬고 있는 것이다. 하여 시인으로서 시를 쓰지 않고는 안 되는, 시 쓰는 행위가 바로 존재 이유를 말한다.

인력 시장에서 팔린다 해도
일이라야 땅을 파거나 짐 나르기 따위의 단순한 노동
비굴하지 않게 땀의 대가 쥐었지만
갈 곳 없는 저녁 시간 국밥집으로 향한다
세상이 힘든지 몸이 힘든지 반 그릇밖에 먹을 수 없다
충분히 남은 한 끼 분량의 밥과 국
가져갈 것인가 두고 갈 것인가를 고민하다가
"아주머니, 여기 봉지 하나 주세요"
밥과 국 봉지에 쏟아 붓는다

가족인 듯 서너 살 딸아이와 저녁을 먹는다
"엄마, 저 아저씨는 먹고 남은 것을 왜 가져가는 거야?"
"응, 개 줄려고 그런단다"
멍멍 귀가 운다
그날 이후 그 누구도 알아주지 않는 국밥의 만찬
새벽녘 외딴집에서 누구라도 행복해야 할 세상 꿈꾸며
멍멍거리며 아침을 먹는다

-「개밥」 전문

시인은 몸과 마음이 지쳐 식당에서 국밥을 먹다가 남은 국과 밥을 싸는 과정에서 벌어진 에피소드를 근사한 개밥으로 뚝딱 한 상 차린 솜씨가 바로 「개밥」이라는 시다. 자칫 놓치기 쉬운 일상을 잘 포획한, 평범한 듯하나 그것을 뛰어넘는 페이소스 넘치는 작품이다. 결정적인 장면은 "그날 이후 그 누구도 알아주지 않는 국밥의 만찬/ 새벽녘 외딴집에서 누구라도 행복해야 할 세상 꿈꾸며/ 멍멍거리며 아침을 먹는다"에서 보듯 개처럼 먹는 행위다. 사람이 개가 되어 개처럼 멍멍 짖으며 개밥을 먹는다고 상상할 때 웃음이 안 나올 수 없을 것이다. 시인은 겸손하게 상황을 받아들이면서 세상에 버려지는 잉여의 생산물을 자기화한다. 이것을 시작행위로 보면 시인은 시를 쓰기 위한 자기화와 들끓는 열정이 결국 뜨거운 국밥 한 그릇 빚어내는 일 아닌가.

어머니 뱃속에서 태어나 배냇저고리 입었을 때부터
자라고 잘라내고 또 잘라냈지만
어느새 다시 자라고 있다
당신 사랑 가득 밴 눈빛
그때 그 미소처럼
하얀 반달이 나를 보며 웃는다
손톱 잘라 주시고 손가락 만져 주시며
"아이고, 이렇게 예쁜 것을" 하시던 어머니의 유산
때로는 피멍으로 얼룩질 때도 있었지만
당신 사랑처럼 다시 살아나곤 했었다

눈 어두워져 손톱 아닌 살을 자르시는 어머님
손톱 깎아 드리려 내일은 꼭 가야겠다
찔레꽃 피는 소리 들으며 어머님 곁에 산다면
하루에 한 번쯤은 어머님 손톱 깎아 드릴 수 있을 터인데
봄꽃 한창 피어 있을 내 고향 언덕배기

오늘도 나는
내 손톱만 깎고 있다

—「손톱을 깎으며」 전문

시 「손톱을 깎으며」는 모자의 사랑이 손톱처럼 자라났다가 깎으면 다시, 사랑이 자라나는 아름다운 작품이다. 손톱을 매개로 자식의 어머니에 대한 사랑이 전통 서정시로 활짝 꽃 핀 시다. 물론 어머니 사랑은, 시인에게 쏟았던 어머니의 지극한 사랑을 통해서 자연스럽게 이루어진 거다. 그 사랑은 아직도 진행형이지만. 그러니까 어머니 뱃속에서 시작되어 배냇저고리를 입었을 때부터 시작된 사랑은 시인이 자라나면서 손톱도 자라고 시인 역시 사랑을 몸으로 익히게 된 것이다. 세상의 모든 사랑이 고갈되더라도 이처럼 다시 재생되고 자라날 수 있다면. 그건 세상의 나무가 하는 일일 것이다. 역시 나무를 다루는 목수로서 잠재적 기질이 유감없이 드러나는 건 형태소로 보면, 사람의 손톱과 머리털만이 죽어도 다시 살아나는 나무와 연대하기 때문이다.

하나, 둘, 셋… 열까지 헤아려 보고
스물, 서른, 마흔… 일백까지 헤아려 보다가
더는 기력이 없어 바람으로 흩어진다

외할머니는 그렇게 떠나셨다

떠나신 후 처음으로 돌아오는 생신날
무덤가에 핀 하얀 민들레
외할머니를 닮았다
가야지
내일 비 그치면
외할머니 곁에 있던 민들레가 보고 싶다
민들레 하얀 민들레
외할머니 닮았다

–「하얀 민들레」 전문

한편, 박장재 시편들을 줄기차게 흐르게 하는 물줄기 중 하나는 '포근히 포옹하는 여성성'이 내재되어 있다. 조금 억지를 쓴다면 한옥을 짓는 도편수로서 생래적인 DNA가 있어서 아닐까 하는 생각도 든다. 집은 사람을 포근히 쉬게 하고 잃었던 기운을 다시 충전할 수 있는 공간이다. 형식의 집이나 내면의 집이기도 한 집은 늘 어머니의 자궁처럼 따듯한 시원이며 죽음의 장소이기도 하다. 하여, 시「하얀 민들레」 역시 집이라는 내재율 안에서 실아서는 "하나, 둘, 셋… 열까지 헤아려 보고/ 스물, 서른, 마흔… 일백까지 헤아려 보"지만 아마 마흔에서 죽음으로 귀결되었다고 볼 수 있다. 그리하여 할머니는 세상을 떴지만 무덤가(집)에 핀 하얀 민들레로 부활한다. 물론 민들레가 가진 강인한 생명력도 있으나 죽어서도 다시 살아나는 궁륭의 집이란 죽음과 재생의 처소이기도 하다. 민들레로 되살아난 할머니는 시인의 염원 속에 각인되어 아련하게 피어나고 있다.

방 안에는 차가운 공기 가득하다 둥둥 뜬 채 죽어 있는 검버섯 같은 연잎, 그 주검 쳐다보고 있는 남자의 다락방 창가에는 얼음에 갇혀 움직이지 못하는 덩치 큰 무선 모니터가 있고 비춰지는 모든 것들 검색하고 있다 아랫마을 편의점에서 아이스크림 녹는 소리, 3G 휴대폰으로 사진 찍는 소리, 얼어버린 작은 계곡 사그라지는 물소리, 그것을 비웃는 웃음소리, 연인들의 속삭이는 소리도 검색하고 있다

한 뼘 남짓한 햇볕을 쬐고 있는 마음만 부자인 남자, 쌀 한 되 삼천 원 시대에 오만 팔천 원 하는 저녁을 시켜 먹고 구만 원 하는 스킨로션 배달시키며 사천 원 하는 담배를 뻑뻑 피우면서 낡은 옷 겹겹이 껴입고 시커먼 털신을 신고 낡은 컴퓨터를 치며 식당 설거지하는 아줌마를 사랑하고 다리가 퉁퉁 붓도록 방문 판매하는 화장품 아줌마를 사랑하고 담뱃잎 뜯다가 손이 헤진 농사짓는 아줌마를 사랑하고 있다 손이 시리다 두툼한 벙어리장갑은 배달되지 않는다 발이 시리다 보온 양말도 배달되지 않는다 마음이 시리다 따뜻한 봄이 빨리 왔으면 좋겠다

늘 들리지 않았던 인기척 들으려 귀를 기울이며 지나가는 바람 소리 쫓아가고 있다 꿍꽝거리는 소리, 처음에는 집이 우는 소리인 줄 몰랐다 길 잃은 다람쥐가 달빛에 내

려앉는 소리인가 알았다 오늘 밤에도 집이 운다 기온이 뚝 떨어지는가보다

– 「그 남자의 다락방」 전문

시 「그 남자의 다락방」은 이번 박장재 시집의 제목이다. 어쩌면 집을 짓기 위해 전국 각지를 떠도는 자의 내밀한 밀어密語이기도 한 이 시는, 시인으로서 면모와 시업詩業의 내밀한 언어까지 소급해볼 만한 리트머스 같은 작품이라고 생각한다. 다락방이 주는 의미는 심리적으로 내면 깊숙한 무의식을 뜻한다. 입체적으로 혼자만의 공간일 수 있으나 가장 가까운 대상과 공간을 공유하는 다락방은 방으로써 존재하나 몸속의 맹장 같다. 그러니까 일반적인 방이 있고 그 방을 매개로 해서 곁다리처럼 존재하는 숨어있는 영역이라 볼 수 있다. 다락방은 부엌이든 방이든 천장을 경계로 하여 천장을 벗어나면 지붕이거나 더 나아가면 하늘로 이어지는 방이다. 그러므로 아늑하면서 자신의 내면을 들여다볼 수 있는 마음의 방이며 특별한 방이다.

시인이자 방랑자는 어느 날 다락방에서 세속과 천상의 중간에서 소리를 듣는다. 그것은 장자 제2편 제물론에 나오는 인뢰人籟이며 지뢰地籟이며 더 나아가면 천뢰天籟에 귀 기울여야 할 경계에 있다. '아이스크림 녹는 소리-3G 휴대폰으로 사진 찍는 소리-얼어버린 작은 계곡 사그라지는 물소리-그것을 비웃는 웃음소리-연인들의

속삭이는 소리'까지 다양하게 섭렵하고 있다. 그리고 지나온 날들에 대한 회한과 고백은 세상에 대한 연민으로 가득하다. 모든 대상을 사랑한 시인의 시각은 어느 한 쪽에 편향되지 않고 안쓰러운 마음으로 모두를 사랑하기 때문이다. 이 사랑은, 집을 짓는 도편수로서 마음이기도 하고 동시에 시작의 태도이기도 하다. 집을 지을 때 어느 것 하나 사소한 부속이라도 지나치는 법 없이 세심한 주의와 배려로 뭇 대상들을 애정으로 보살피고 사랑해야만 집을 완성할 수 있기 때문이다.

그러나 시인의 뭇사랑은 거의 아픈 짝사랑에 도달한 듯하다. 남이 자신을 사랑하지 않아도 사랑할 수 있는 마음은 급기야 "손이 시리다 두툼한 벙어리장갑은 배달되지 않는다 발이 시리다 보온 양말도 배달되지 않는다 마음이 시리다 따뜻한 봄이 빨리 왔으면 좋겠다"라고 고백하고 있는데 절절하게 가슴을 울려 온다. 이렇게 상호교환되지 않는 아픈 사랑이 시인의 운명이며 목수의 업이다.

드디어 시인은 인뢰와 지뢰를 통해 천뢰에 닿는다. 방랑자인 박장재 시인은 한 소식에 접한다. '길 잃은 다람쥐가 달빛에 내려앉는 소리'를 접하고 무아의 경지에 도달한다. 생의 모든 아픈 사랑을 관류하여 도달한 지점이 '달빛이 내려앉는 소리'다. 떠나가 흘러간 사랑을 잡을 수는 없지만 기적처럼 사랑의 꿈이 집결된다. 달빛이 내려앉는 소리라니! 과장한다면 시인은 마음의 다락방에서 득음의 경지에 들고 말았다. 자학과 연민을 넘어 무색무취無色無臭한 달빛으로 아름다운 집을 만들었다. 그렇지만 "오늘 밤에도 집이 운다 기온이 뚝 떨어지는가 보다"에서 보듯 시인은 운다. 집은 시인이고 시다. 그러므로 득음의 눈물이며 한편으로 세속적인 슬픔의 눈물이기도 하다. 마지막 구절에 "기온이 뚝 떨어지는가 보다"에서 죽어도 눈물 아니 흘리오리다의 아니리는 절제미와 함께 낭만으로 빛난다.

이제 박장재 시인의 길이 앞으로 펼쳐져 있다. 앞으로 시와 집이 하나 되어 가는 길에 어떠한 변화가 오더라도 그것은 집과 시가 한 몸으로 작동되는, 태어나지 않는 미지의 영성에 기대할 뿐이다.

진눈깨비 흩날리는 소리
쩌렁쩌렁 나무가 얼어붙는 소리
끌질과 망치 소리
대패질 소리
톱 소리
알아들을 수 없는 소리
나무를 먹는 소리
그들과 산속에서 같이 사는 소리
천 년 동안 침묵의 소리
우렁각시 기다리는 어눌한 목수의 한숨 소리
주먹장으로 결구 하는 소리
나무를 때리는 소리

바람 이는 소리
산 아래로 떨어지는 소리의 소리
이 세상 제일 슬프고 아파하는 외로운 소리
소리가 소리를 낸다

–「소리와 소리」 전문